一場雨的時間

黃祥昀／翔雲
出生在潮濕的台北。長大後，飛到一個常有狂風和瞬雨的地方讀書。
像青苔喜歡依附在石頭上，沒有想要開花，但需要熱帶的濕氣。
擁有預知的嗅覺：
「聞到雨的味道，泥土混著一點悶熱。」
「快要下雨了！」

翔雲的詩作充滿「水循環」的意象。封面是下雨前的景致，底片是泡
過海水的。進到書裡，體驗各種別有滋味的雨中情境、進入時空擱淺
的謎幻海灘。封底來到雨過天晴的日子，而閱讀詩集的時間也變成了
一場雨的時間。

目　次

在愛情的懸崖邊　　　　　　　　　　　　　　7

關係　　　　　　　　　　　　　　　　　　10

意義失落的雨季：找不到我的小紅傘　　　　12

我睏了　　　　　　　　　　　　　　　　　14

下載　　　　　　　　　　　　　　　　　　16

相愛　　　　　　　　　　　　　　　　　　20

開門即是關門　　　　　　　　　　　　　　22

嘴。臉。放。映。機。　　　　　　　　　　24

慾望　　　　　　　　　　　　　　　　　　26

兩條魚　　　　　　　　　　　　　　　　　28

窄門外的等待　　　　　　　　　　　　　　30

紅　　　　　　　　　　　　　　　　　　　34

背面是漫無邊際的夜　　　　　　　　　　　36

你向我走來　　　　　　　　　　　　　　　38

素描　　　　　　　　　　　　　　　　　　40

獻給「存在、不存在又或者兩者」　　　　　42

「好不寂寞」是「寂寞」還是「不寂寞」　　　44

一個夢境的視角　　　46

沒有聲音　　　48

親愛的雨滴　　　50

預言之囚，給所有相似於卡珊卓的人　　　54

「永遠的一天」　　　56

「少年Pi的奇幻漂流」　　　58

「霧中風景」　　　62

白蛇傳之後　　　64

復活節　　　66

五十六頁，第五句：讀的「書」又不是你的「臉」　　　68

反鎖　　　70

夢見你跳窗　　　72

轉身　　　76

突如其來　　　78

謊言　　　80

面臨這樣的風景　　　82

無題　　　84

舞台　　　86

無題　　　　　　　　　　　　　　　　　　88

回家的路　　　　　　　　　　　　　　　90

末日鋼琴　　　　　　　　　　　　　　　92

我掉幾滴淚　　　　　　　　　　　　　　96

苦悶　　　　　　　　　　　　　　　　　98

雨後的操場　　　　　　　　　　　　　100

把世界一腳踢開　　　　　　　　　　　102

執筆，為打發一個快要圓的月亮。　　　104

夜晚　　　　　　　　　　　　　　　　106

泳以及某度空間　　　　　　　　　　　108

石灰岩洞，斯洛維尼亞　　　　　　　　110

被遺棄的海灘　　　　　　　　　　　　114

時間擱淺　　　　　　　　　　　　　　116

時間脫軌　　　　　　　　　　　　　　118

在愛情的懸崖邊

雙腳一蹬

是夢。

關係

覺得要捉住愛情，最需要的就是把生活解放、內心解開，竄入
對方的勇氣，驚蟄般地。雷雨過後總是另一番湧動的新生、另
一番鮮美的感官：瞬息萬變，盲眼繽紛。新的世界有捉不住的
象徵，雨滴幾點、暖光幾點、櫻花也幾點，沒有勾起來的輪廓
限制奔溢的瞬間、經驗的豐富，如印象派的畫作，抓住片刻因
而得以開展流動的氛圍，一切「分別」都消融，只有整體，只
有氣氛，只有最幽微的清香，只有你在我的／我在你的心靈中
竄動，於是，彷若沒有我也沒有你了，只有你竄到我，我也竄
到你的關係。

註：以上受到印象派介紹文章，黑格爾《小邏輯八十八節》，R做
　　的夢影響所寫成的。

意義失落的雨季：找不到我的小紅傘

先有都市才有都市的冷漠

天空飄著不像春季的大雨

轟轟烈烈沖著

疾駛的腳踏車，跌倒的我

濺起滿身水花

水滴映著突如其來的千言萬語

每到此時，臉紅透

花朵張開了嗅覺

紅磚撐起了觸覺

積水的窪地打開容身的鏡子

啊！瞧那個人！跌進意義失落的季節

雨水侵蝕都市的灰牆

弄丟的小紅傘，躺在地上

被雨打擊著：傷透有傷透的沉默

沉默有沉默的美麗

美麗有美麗的澎湃

撥電話給你，像機械

轉來轉去都只是孤單的輪子：遇水生鏽

你離我好遙遠，哈嘍，我說：

水滴答如鐘擺，哈嘍，你說：

聲音貼近又遙遠像屋簷上的水珠

停在欲垂不垂的瞬間

瞬間有瞬間的永恆

永恆有永恆的輪迴

總是先四目相對才有四目相對的寂寞。

我睏了

深夜的螢幕前

鍵盤上、滑鼠間

指點與下一個指點

言語的熱度

燒灼滾燙

只能說散熱器

已經頹敗

而我被困住

因我疲睏且悸動

如糾結枯燥的髮尾

除了淚水找不著

其它濕熱慰藉

於是瞪著電腦的那雙眼

患了名符其實的乾眼症

再也趕不上零與一的速率

再也負荷不了二的多少次方

符號、密碼及其象徵

「按鍵」不過是一種隱喻

「分秒」不過是一種象徵

世界無法被敲打、切割
正如我無法被碎裂的意識
但意志逐漸傾頹，真的
我睏了
敲打鍵盤：「ㄎㄢ。」
散熱器在闔眼休眠以前
已然安息
微雨、葬禮
與象徵性的哀悼
獻上一束花吧
我睏了，不騙你。

下載

下載

你的語言

你的字體

你的電影

你的童年

你的夢境

直到

暫存硬碟已滿

鍵盤已死

電腦已無法開機

浸滿了水

在夢裡

我／你

掉進同一部電影

一個終於相同的世界

使用同樣的語法規則

物件及其象徵終於

正。確。連。上。

插電的吉他，瞬間轟然巨響！

夜晚的摩登大廈，驟然閃爍！

每個燈泡都在燃燒

玻璃反射紅光的都會

重響的亮麗節奏

在旋轉間、舞步、指尖、交錯

在酒精間，哭笑不得

在暗處，你，再也不講話

任憑其他人近乎猥褻的灌酒胡言

在光處，我，再也不害怕

任憑其他人近乎狂躁的叨叨絮絮

對不起，只是一個習慣的用語

我珍惜這場虛幻，只是對不起

即便使用同樣的象徵

展示相同的運鏡

我與你，都還是編造

那何必花力氣跌進這世界

下載又下載

只不過是佔有再佔有

多餘地再按下，清除垃圾桶吧

謝謝你。（另一個習慣的用語）

對不起。

這美好的世界

因懼怕，徹底毀滅：

斷電的都市，不插電的吉他

你於是又稱為美好的黑夜

編造另一套情節

另一個自我延伸的世界

讓我結束再說聲謝謝

閉上嘴唇、闔上眼睛，好嗎？

你懂我的意思嗎？對不起

請原諒我用不熟習的語言

表達，難以表達的，

謝謝，對不起 。

相愛

愛就這樣愛了
天空發白
我們發呆

海潮啊
無止盡地高低
多少詠歎都成空
只有宣敘才湧流
我在你之間
你在我之間
字裡行間
淚水與愛夜都流竄
揉啊揉
皺啊皺
這世界能不能揉一揉就丟掉
有人喊著 回收
但根本無法再利用
就是這樣粉身碎骨
流血 腫瘤 瞬間的燃燒

都是死

都是死

相濡以沫

口吐白沫

愛慾只是慘白的魚肚

開門即是關門

愛的日子
不知從何開始
也不知從何而止
當開門只是關門的虛掩
語言都成魅惑，時空也是。

嘴。臉。放。映。機。

此刻，
我坐在一間
陳舊的黑白放映室……

重、複、播、送、的畫面：

　　「第一次」看**見**你的「嘴」
　　　　　　你對我說「它」的時刻
　　「某一次」看**見**你的「嘴」
　　　　　　我對你說「他」的時刻
　　「又一次」看**見**你的「嘴」
　　　　　　你對我說「妳」的時刻
　　「最後一次」看**見**你「的『醉』」
　　　　　　我無法對你說「你」的時刻。

「錯過的」、

　　　　『拒絕的』

　　　　　　　、「荒唐的」

　　　　　　　　　、『之類的』

　　　　　　　　　　　　、**嘴臉**、

慾望

慾望是慘白的魚肚

眼睛打開

真他媽的

剛出水的世界

猙獰窒息

入水的欲望

一如毒癮

竄爆全身

掙扎掙扎再掙扎！

全身刺針癲狂

比電音更彈跳

烈酒與聲光

裸身與崩倒

這是最後一擊！

最後一擊！

永不忘記欲望！

「只可惜死亡這麼短促，而生存是如此悠長。」
真他媽的。

兩條魚

兩條魚
緊緊地擁抱
擁抱得緊緊

過於體貼
至毫無
　　　　縫隙

緊緊地窒息
窒息得緊緊

僅僅兩條孤單的魚
孤單的兩條魚僅僅

過於口渴
至相濡
　　　　以沫

僅僅地依靠
依靠得緊緊

窄門外的等待

公共女廁門下
等待的鞋子排排站
帆布鞋、高跟鞋、牛津鞋
灰、紅、咖啡色
各方顏色施壓如刀
只好盡力壓榨小腸
空轉的水聲
在馬桶中回旋不已
無法排出的一切
缺水、缺菜、缺氧氣
缺東缺西、缺你缺她
缺最後一次用盡全力
消化異己，像蛇吞象
最後成了一頂藍色圓頂帽
為什麼帽如此小，緊扣頭顱？
為什麼門如此窄，緊鎖肚皮？
為什麼此刻
僅容旋身，推擠氧氣？
為什麼佯裝？

為什麼抱得緊、綁得緊、扣得緊、吻得沒有明天？

為什麼愛勢必如此擁擠？

只容自己在門裡

進行吞噬、消化、分解

請給我時間，等我開門

等我流出所有的腸子

繞地球好幾圈長

等我跳外太空自殺！

必須確認，這是夢！

這是刑場！

告白是贖罪的偽裝！

請你等等我，等等我吧！

跳地球不死，反是重生！

等等我吧！

等我推開門，走出來

等公廁前長出一棵樹

等我路過

等花跌落

我已排除一切！

一切！

連同自己！

流掉的

夢中，我已死

因窄門裡的愛，僅容旋身

缺我缺你，缺明日。

紅

燈光滿溢的酒吧

沉重的節拍，過於燦轉的五光十色

瞬吻、酒精與陌生的擁抱

淺薄的相遇被搖擺成深刻的交匯

可悲的是

深刻也只不過是

一串突如其來的偶然

淺薄的集合

那麼，請別害怕

同樣突如其來的紅透：

輾轉 翻滾 包覆

無限悠長的蜷曲

旋繞再旋繞

顛簸再顛簸

燥熱再燥熱

兜個圓，又回到原點

那些我們稱為最初

的美好／時空／心臟

是意義不明的空洞

是曖昧不明的微笑

是昏暗不明的咬耳

是無限延長的投射

是星空是海浪是那駛向

偏遠東歐森林的列車

沒有街景的白屋

一隻小狗

一個愛人

一個每日走到林處

舀起一桶溫泉水的祖母

一個我不曾去過的國度

一個起來後，

能畫出地圖的夢。

背面是漫無邊際的夜

背對

從天而降的光

迎面的是漫無邊際的夜

沾著黏液的衛生紙

抽取而後撕毀

每天以及每天

自己愛自己的遊戲

記得我開始喜歡你的那天

就是你開始背對我的那天

鏡裡，我面對著我

尋著你的背面

其實我要的

不過是你反面輪廓的溫柔曲線

以及些許正面而來的熱度

微乎其微的感受

缺憾分佔一點整全

有限分佔一點完美

遍體鱗傷分佔一點毫無損傷

正如我趨向最高的光亮

渴求分佔一點你，就這麼一點

憎恨有限如同憎恨無限

憎恨自己如同憎恨上帝

都說無法言說，還說些什麼

揚棄語言，讓心正對心吧

臉前擺著未嚼過的蘋果

背後是一地殘落的心，我的蘋果心

嚐過禁果卻不知廉恥

習得爬說語的符號與規則

從此在你腳底下

繞圈子

讓你俯視

綿延汩動

旋繞不已的背……

你向我走來

你以一種魔幻寫實的姿態向我走來

腳底下飄著流雲

天空飄浮著石頭

黑色的禮帽擋在眼前

綠色的蘋果，啪地掉落

腐朽的缺口和幾條蟲

你向我走來

　　　　　　但我看不見你。

旋轉梯，繞過頭去又打結。

雨滴，在烈陽下爆發。

白晝的光下，黑夜的路燈高聳如尖塔。

嘴，張開：

含咬不是煙斗的煙斗（迷人的煙氣，旋繞上升）

蜷縮不是自己的自己（赤裸的雙唇，顫動不已）

嘴，張開：

觀其眸子，眸子裡有眸子，無限的眸子

站在兩面平行的鏡子中

無限的自我反射穿越　像子彈掃射

貫穿，槍林彈雨：奔跑的人

碰碰跳，突發的爆炸濺起光明

碎片刺穿心臟，碰碰跳。

藤蔓繞著心，裂痕中有劍

沉睡千年的屍體，等待人們親吻

沙漠中的迷魅，等待綠洲的狂流之水

穿越風，穿越一層又一層情境，來到這裡

再掉下去，是一座奇幻小說中平靜的湖水

玄機中有盎然的生命

悲聲中有堅毅的高歌

往臉上潑一潑水

看看自己陌生的微笑。

你向我走來，不，我向你走去

走過去，魔幻地打結，寫實地流下生平第一滴血。

從劍的尖端，滑下

血

淋

淋

的

安全感。

還是給你個寫實的句號。

刪節號，只是空留刺人的魔幻。

素描

我瞪著
你輪廓的陰暗面
肌膚細微的凹凸不平
想要描繪真實的你
你的愛欲癡貪
你的冷漠無趣
你的光亮與黑暗
與其說是臨摹你
不如說,
我正貪婪地占有你
每一筆畫都是如此
熱烈地貼近
我擦拭又擦拭
你的雙眼卻更加清澈
鼻梁正攏起
雙手正張開
唇邊的弧度,欲言又止
彷彿輕拍翅膀的蝴蝶
溫柔又赤裸。

獻給「存在、不存在又或者兩者」

我想，你老是想起

初次翻動我的

心跳聲

夢中的陽光白烈熾炎

你奔跑、氣喘吁吁

只因我默默無語

我想，我無法忘懷

你初次瞧見我的

紅暈色

我倉促、莞爾一笑

只因你悄悄遠離

相遇本無路線

地圖本無坐標

生命不過是零零散散的機率碰撞

直到別後我才明瞭

我們不曾相識

那麼，就是這樣了

結束後，回到最初

──白烈陽光發散的中心

陌生不陌生又或者兩者

「好不寂寞」是「寂寞」還是「不寂寞」

我知道的

一直都知道的

你笑鬧的表情只是「表」情

挑戰的眼神中有溫敦

嘻笑的言語中有悲哀

我知道的

一直都知道的

你又寂寞又哀傷

笑鬧只是因為

悲哀到了極致

你需要的只是張開雙手

給我一個擁抱

然後說：

「我好不寂寞。」

一個夢境的視角

顫動之光、騷動之影
俯看夢境般游離的雙腳
每走一步，射出斜斜的長劍
切裂粗糙的前景
穿越無限深黑的長廊
鵝黃的月色暈染
光耀冰水
緩慢流淌
無限悠長的彎曲
彷彿上個世紀傳來的喪鐘
聲聲鏗然蕩漾、回旋反覆
每次凝神，發出蠱蠱魅惑
顫動之光、騷動之影！
沒有眼眸的乖張
沒有氣息的冷峻
以燃燒膠卷的速度消逝
張狂伸手如竄動的焰
好比未來在眼前
卻又向後退成背景，消音。

沒有聲音

清澈的光
突如其來
大理石的裸身
突如其來
理當尖叫！
卻無聲
只能
吻

陽光灑下
轉折與上旋律
一如僵冷與無知覺
滿室的眼睛
一閃又閃
迷光折射
我沒有靈魂

已撞見
相吻
又睡著

陽光燦爛
一亮又亮
我沒有眷戀

已嚐鮮
瞭解
又遺忘

註：「冬陽暖暖響起，路人在鏡頭中消失。地鐵的歌手、收起吉
　　他、沒有聲音。」

親愛的雨滴

寫於荷蘭，2016 冬季的第一場雪開始的時間

親愛的雨滴

你今天回到台北了嗎？

我常惦記著你，不知道你上哪兒去了？

我嫉妒台北

你對他好過於荷蘭太多

在我模糊的台北記憶裡

春天的你，綿密細緻

夏天的你，魅惑狂暴

冬天的你，寒到心坎的深處

但在這裡，你沒有個性，總是驟然

突如其來地出現又消失，還把一切歸罪給風

我想我是愛你的吧，因為我摸不透你

我有一萬個問題想問你

但所有的問題都可以化約成

你今天到哪兒去了？

每日我轉開天氣預報，記者總是虛報你的存在

想念的時候，背景是燦爛千陽

淡忘的時候，背景是一場過於喧囂的大雨

你總讓我全身濕透，赤裸裸地

起初，我輕輕啜泣；後來，我放聲大哭

好讓淚水與你融合

幻想的時候，場景總是魔幻寫實

你，落到髮梢

我仰頭，高舉雙手

接住你的一切

一切的一切，我都生吞

你滑過我的指尖

我的皮膚

我的軀體

我的溫柔

我的雙腳

一切都

被滑過

不著痕跡

爾

後

蒸

發

在空氣中

纏繞不去

介在想念與遺忘的時候，背景是炫光麗麗的冷雨

我坐在運河的草皮上

遙望孤單背影滑小船

頓時泫然欲泣

因我正尋找你的模樣

當淚水形成一面鏡子

鑲在凹陷的土壤

我才發現

你就住在我的眼睛裡

你總是從我的眼睛滑到臉頰

然後被我用衛生紙抹去

默默地回到我身旁的空氣裡

埋下驟雨擁抱我

每一場驟雨
都是一場擁抱。
每一場擁抱
都是一場虛報。

預言之囚，給所有相似於卡珊卓的人

——讀希臘神話與戲劇論有感

半個月亮，幾點星的清澈夜晚
所有愛我、愛過我以及被我愛的人
都伸出一根手指
指向特洛伊城毀滅前
高掛黑夜的預言之星
被千年不老的詛咒囚禁
只因預言真實至悲哀
凡信者必鎖死於
孤獨之牢籠
鎖與被鎖之間
愛與被愛之間
欲與被欲之間
交與被交之間
織與被織之間
咒語與祝福之間
這一條鐵欄與下一條鐵欄之間
這一條岔路與下一條岔路之間

無需抉擇的最安全曖昧空間

如此單純的一直線

好比一畫象徵性的流星

轉瞬即逝的閃耀

「啊！」

愛與被愛一齊啞然，為一坨宇宙

垃圾。

「永遠的一天」

學會母語才知道回家的感覺

死前，我第一次親吻母親

風吹起病房的窗簾

海風的味道鹹鹹的

風裡有跳舞的樂音

生活寥落得只剩下隻詞片語

一字一字慢慢脫落

如每天撕下日曆

小孩拾起滿地的詞彙，賣給我一些

隨風飄揚的形容詞

有這麼一點點不值錢

因為愛的人已經不再等待我了

啊，我永遠站在那高高的山崖上

那個奇妙的世界，不容妳進入

字句構成的高牆

偶爾，給妳個海邊的熱吻作為補償

補償蘊含深深的罪惡

請妳留下來陪我

最後一天了

這是最後一天了

求求妳救贖我

深夜的巴士已向我駛近

大提琴、鮮花、掉頭就轉的戀人

地上躺著初婚的信

裡頭全是等待

等我從山崖上走下來

與妳跳舞

輕輕地轉啊

慢慢地搖啊

彷彿來到顏色淡淡的海邊

我的鼻浸在妳的髮鄉

白底綠花的洋裝不停旋轉

就讓我們永遠停在此刻吧

此刻，無限的形容詞衝上我心

我眼睜睜地看著

妳被字詞衝撞溢散、被海浪推開

遙遠地呼喊著：「明天比永遠多一天。」

註：看安哲羅普洛斯的電影「永遠的一天」（1998）有感

「少年Pi的奇幻漂流」

眼淚是一條小船

搖擺著星空

嘆息如浪

一波又起一波未平

海：一張因緣織成的網

每個轉瞬即逝都是華美的末日預言

每個眼眸顫動都是無盡的滾燙溫柔

如蝶、如刺、如張開而後交融

你說：愛情這麼短

但遺忘也同樣短

啊！起念之間，意識早已飛轉三千界

拋下我、丟棄我」嫌惡我

留「我」（一種凌遲）在這

永無止盡的貪戀「我與你」

不可分隔又賴以繫詞

拼命哭泣好堆砌邊界的牆

好限制海的張狂奔流

框起！框起！囚住！囚住！畫上無盡、無盡的
「」　　　「」「」　　　　「」「」
　　「」「」　　　　「」「」　　　　「」「」
捉你，如捉一條佈滿鱗片的魚，瀕「死」的魚——
「死亡」是過於虛幻的字眼
丟給老虎吞食吧！
這海上只有我
這海上沒有我
只有這海上
沒有這海上
有，沒有
沒

　　。

海的邊界是夜

眼淚是一道呼嘯而過的風。

「我」終究在宇宙大爆炸之後「存有」

之後是無盡、無盡的憂傷。

註：看李安的電影「少年Pi的奇幻漂流」（2012）有感

「霧中風景」

漆黑的電影院

長出一顆-------樹

樹之根

深入影廳

遲緩而猛烈的擴張

好似爬滿微血管的肺葉

納入空氣

而後脹滿

而後

不…停…喘…息……

每個座位、每雙眼睛、每個拿著飲料的手

每個上下鼓動的肺葉

每個你和你和你和你

我和我和我和我和我

盤錯無止盡的根與根

繞又纏又勒又緊又死

掘住你躁動的肺（再也無法喘氣）

掐死我吸氣的嘴（再也無法吭聲）

沒有人屬於任何人

沒有人不屬於任何人

你握住我的手

我握住你的手

我握住我的手

你握住你的手

在銀幕無聲之光影前

兩條腿與兩條腿之間

盤錯根與盤錯根之間

座位與座位之間

是邊界、是控管、是逃離

「請出示護照，證明的你身分」

「可是我是我，曖昧不明的我」

那樹根底下是浪潮洶湧

是黑暗是隨後的光亮

是你的氣息（難以捉模的飄忽），我聞及

是你的聲音（暗自竊聽的洶湧），我觸及

是你染滿風的雙眼，我流血的下襬。

註：看安哲羅普洛斯的電影「霧中風景」（1988）有感

白蛇傳之後

暖風之後

　　青山之後　　　　　　　　山外青山樓外樓，西湖歌舞
幾時休？

　　西湖之後　　暖風薰得遊人醉，直把杭州做汴州

　　　　歌舞之後

　　遊人之後

　　　微雨之後

相遇之後

　　借傘之後

　　　微醺之後

　　紅熱之後　　　歡娛嫌夜短，寂寞恨更長。

　　　　　貪婪之後

　　擺弄之後

　　　　懦弱之後

　　掙扎之後

　　求道之後　　　　　　本是妖精變婦人，西湖岸上
賣嬌聲；

化蛇之後　　汝因不識遭他計，有難湖南見老僧。

　雷峯之後

　　永鎮之後

　　色空之後　　祖師度我出紅塵，鐵樹開花始見春；

傾雨之後　　　　　　化化輪迴重化化，生生轉變

　再生生。

　　盪漾之後

　　　西湖之後　　欲知有色還無色，須識無形

　卻有形；

　遊人之後　　色即是空空即是色，空空色色

要分明。

　　成詩之後

　　　之後之後

復活節

有一條河，從時空的盡頭開始奔流
從地心、從海洋、從月亮
重複不斷地不斷的重複航向下一個小島
想起流過身邊的血
滑過耳際的淚
想起抵抗、想起命運
沒有知覺、沒有一切
下一刻是誕生
是如何同年同月同日同分同秒
一起淋雨、一起豪飲、一起編織時代
一起被殖民的槍獵殺、一起撿拾碎片
一起拉開繩子、通向月亮、一起不小心
迷航：從月亮、從海洋、從荒漠
奔向下一個小島
如何復活，如何思念或者遺忘
重複的不斷的重複不斷的一不小心
陷進帝國的宏偉，遺忘動人的家土
跌進文化的喧囂，遺忘真實的飽滿
一不小心，我們奔流，我們停留
又重複不斷地不斷重複奔流

五十六頁，第五句：讀的「書」又不是你的「臉」

夜的邊緣

時空有限

睜大雙眼

毫無關聯

請別留言

請別再看

自我展演

光耀無限

請別再按

請別再羨

無病喃喃

過眼雲煙

請別再怨

請別再悼

曲折如剪

逆光黑邊

繞成側臉

以為受讚

此生安眠

反鎖

關門！
墊起腳尖，轉個圈
反鎖！
拉長手臂，下個腰
由下往上，無限無限長
腳踏，腳起：
石。火。電。光。
手上，手下，看右，看左
直視，收腰，劃半月──
低頭，抬頭，劃朵花──
一明，一滅，開門，關門
挺起胸膛，收起手
伸長腳尖，點點水
漣漪圈圈，
一轉，又轉
光起一片塵幕
由心展開完美圓
啟動，漸進單腳
指向，背景月亮

懸置一個落崖的張力
半開的懶腰／被看的姿勢
凝固、融化、倒一個大樹的姿態
開枝、散葉、蔓延一整片
地下水壤
泥塵落花
繁瑣、腐質、無盡、無盡、轉：

夢見你跳窗

柔光模糊的背景

襯著一片玫瑰

為什麼有這麼多美景

這麼多故事，這麼多歌曲

悄悄滴下 如答答的水珠

如泫然欲泣的眼珠

反射透亮的世界

（即將被戳破的世界）

（即將被吃掉的夢語）

如果可以，請讓我不再滴答落下

停在，此時此刻，永遠永遠，埋葬花朵

跳舞的人、跳舞的街燈、跳舞的房子

不和諧的現代音樂、敲打的噪音、階級凝視的切腹

那天，驟然之雪，悄然灑落

懷著溶化所有銳利的柔軟

我記得你來了、你走了

特寫鏡頭之手：轉開冰冷綠鏽的鐵把

一些雪片輕落指尖

你風衣顫動地踏出積雪的房屋

門，砰地關上！

瞬間：你。跳。出。窗。外。

我聽見些許落地的騷動

好久以後，才發現

我們的最後一面

永遠停滯在冷鐵鏽上

原來啊，你的背面曾經一片黑暗

原來啊，我的窗戶曾經一片光明

從此，窗簾再也不風動

再也不被掀起 ，深深的鎖黑

光　在夾縫中求生存

床上的鮮花，浪漫赴死地躺於慘白

依稀的柔光，涵水展開模糊的光景

我跪著哭泣，佯裝「祈禱的姿勢」

面對空無，喃喃哀求

捲起衛生紙

黏答著鼻涕

湊上門把，瞧著

自己

扭曲的臉

彎曲的淚

蜷曲的愛

祈求

只是一場夢

一場被吃掉的夢。

轉身

被處決的前一日
整座城市冰冷如青銅雕像
（維持陌生的姿勢、空洞的眼神）
走在空無一人的街道上
背後是晨光、影子、蒸騰的柏油路
玻璃碎片的裂響，突然從身後炸開
我倉皇轉身，正巧撞見自己
流淌著血，碎裂一地
如滿地的喃喃自語
無限迴旋又無限擴散
如漣漪在凹陷的傷口上
張狂攪動記憶，捲起漩渦：
轉身離去，又轉身擁吻
轉身撕裂，又轉身思念
記憶轉身成為量化的數字：A225948939
城市轉身成為黑暗的無底洞：鋼鐵的垃圾
寂寞轉身成為酒醉的墮落：101層墜樓的速度
罪犯轉身成為異鄉的陌路人：道德與慾望的曖昧鋼索
熱情瘋子都在法律之外遊走

走在空無一人的街道上
因為法庭之人都是青銅像
高聳矗立，刻上紀念性的編號24601、死去的日期
夕陽西下時射出斜長的影子
青銅雕像轉身成為有血有肉的活人。

突如其來

突如其來的大雨
正如突然的夢境
突然的時差
突然的斷線
突然的走私
突然的負罪
突然的踩空
徒然的人生

謊言

在這個充滿可能性的夜晚
世界正傾斜，磁場將倒轉
候鳥帶來一陣黑色的騷動
遙遠地，吐出一縷煙
隨意丟下的煙蒂
如此生 —— 火尚未熄、不值一踩
陌生的人
丟下莫名的紙屑
孤寂之火找到依靠
瞬間燃燒！
像被風騷動的頭髮
海潮般地湧起
氧化硫的臭氣揚滿天
在這個充滿盲眼的國度
氣息是最張狂的慾望：
候鳥的羽味、紙屑的燒味、殘廢的煙味
深深吸氣
玩一場嗅覺的遊戲
穿越瀝青的大地、塑膠的樹皮、鋼鐵的蝴蝶

空氣瀰漫機械的人味

那些我們稱為「現代的物件」

如膿包、鼓起、充滿而後破裂

熱烈的夏天

慾望纍纍垂掛

窗戶密不透風

而我

再也不燃燒

再也不言說

再也不迎風

再也不、再也不

渴望被撿起

踩我一腳吧

如果我一息尚存

面臨這樣的風景

太陽初生

海，一片困頓。

波瀾，反射燦爛新光

啊！晨光如此美好

吸口氣：麵包的甜、戀人的暖

湧上心頭卻是熱淚

果實纍纍的金黃

啊！擁抱如此美好

人就這兩筆畫、一個支點

高喊撐起宇宙的宣誓

這般風景如此易碎

太陽向我們逼近

直至地球狂燒

你我缺水

相濡以沫

直至

太陽再也不

再也不發光

再也不發熱

成為另一個時序中
一閃而過的
流星
許個願望吧：希望
我 無 願。

無題

放晴

透明的階梯

通向大海

遙遠的藍天

穿過夾縫：見光

露珠泫然而晶瑩

合手：

「認識你自己。」

無限返回

返回無限

繞成一個枷鎖

高高掛起

通向藍天外的星球

星球外的空無

漂浮游走

回來吧 回來吧

人間有情

痛快捶打被逼上絕境

偶然的遊戲需要你的存在

以及你的屬於我的一小塊一小塊分心。

舞台

舞台現場，只有你斜長的影
低頭望著兩隻腳──
一前一後的步行
掠過幾道路燈的斜影
彷彿走過幾世的隔閡
穿過交織滿地的風動（細碎的落葉、零落的花香）
向最遙遠的狂想邁進！
佯裝地挺胸，失落卻形跡敗露
潮濕的石子路磨蹭破洞的鞋底
嘎嘎低吟，訴說
當年躲於舞台背後
一場來不急發生的哭泣
匆亂的跫音填補擠不出眼淚的虛空
劇本對白到不了的地方留給嘆息潛入
就這樣一頭栽進，無盡無盡的台詞中
穿過一幕一幕的場景：街道、家房、火車、舞台
（劇場外，亮晃晃的夜燈，投下悠遠的影）
下台鞠躬時，終將牽起你的手，向觀眾敬禮
低望我的雙腳

急欲逃離──一前一後步行、快走、飛奔、狂飆
跨越一道一道奔馳而來的幻影
直到隔閡以隔閡包圍隔閡、頭髮以頭髮包圍頭髮
鞋底破出最赤裸的雙腳
燥熱的腳底是切膚的感受
──濕溽而刺痛的尖石、遙遠而割裂的燈影

無題

倒吊的島
礙到的愛
失掉的屍
乾掉的肝
廢掉的肺
哀悼的唉
枯掉的哭
濕掉的詩

回家的路

月光染著書頁
吃一口童話的糖果屋
旋即踏入
漆黑蜿蜒的小徑
丟下白色的小石、回家的路
丟下影子、腳步與心跳聲
沿途的花，鮮豔得毒
盤繞成，蛇　的　　路　　　徑
空中飄送的是抽離的語言，一點花香
高不成低不就的音調，一點暈頭
言不及義的聲波，一點迷失
回家的路，從背後一點一點展開
像含苞的花，溫柔緩慢的舒展
像翻書的手從右到左，文字一個一個脫落
沿途拋下的_____都由你撿起
最終翻到床邊故事的一千零一頁
結局有個巫婆，她有尖尖的鼻子
一個火爐準備烹煮我的骨頭
因為我把它遺忘在回家的路途。

末日鋼琴

真實的物件
擺在荒唐的位置

就像我們在錯誤的時間相遇
出生在錯誤的家庭裡面

真實的恐懼
濺溢在瀕臨的死亡

就像愛人與我躲在末日的龐貝城
做一個伸手嚎痛的動作然後凝固

森林中一架鋼琴
鋼琴上一竄火煙
寂寞的人狂如野獸

就像一場無法壓抑的赤裸戀情

吞噬琴鍵、焰火、整座森林
音符自指尖流溢、湧動
起伏、頓息與一波三折的華美

就像人生的相識、碰撞與分離
就像有化學反應式電子的轉動、跳躍與重組

火已燒到指尖
音符已悶聲不響
卻狂奏不止
不是旋律不是節奏
是生命在閃耀

就像我早上醒來發現自己退化成大蟲
卻被你的小提琴聲感動
然後死去，被一根掃帚打發

整座鋼琴燃燒殆盡
指尖的音符
卻汩汩不止流淌一地

就像想念你時
你已成灰
只好躲進
你喜歡我也喜歡的歌
音符建構的是一個永恆的星球
寂寞且荒涼的。

註：這首詩作品是受到金澤21世紀美術館裡影片「燃燒的鋼琴」的啓發。這個作品是一個鋼琴家彈奏燃燒的鋼琴，在展場內有一座鋼琴讓觀衆可以隨意彈一段配合影片的樂曲。"Burning Piano 2008", documentary film master I (Production: Nishi no Sora Reggae Dan, Filmed by: MORI Norihiro and NOJIMA Kozaburo) 2008. ©YAMASHITA Yosuke

"Burning Piano 2008", documentary film master II (Production & film: SETOYAMA Fukashi, NAKAGAWA Yosuke), 2008. ©YAMASHITA Yosuke

我掉幾滴淚

狹窄安靜的地下室
溫暖到窒息
心瘋狂地想往外衝
不顧屋外冷冽無比
我必須逃離一切一切
這是無上的命令!
從空無逃至另一個空無
任憑積水噴濺四溢
樹枝劃破肌膚
黑夜燒灼土地
世界只不過是
斷斷斷續續續的意識流
啊!掉幾點眼淚
推擠一下空虛的胃吧
以確保自己
還活著

苦悶

走進每一個字詞裡
走進每一個悶字裡
走進每一個苦字裡

一扇又一扇的窗戶
一道又一道的鏽門
文字與文字的排列
騙局與騙局的重組

這是一個過多出口
的迷宮：敞開又闔上
闔上又敞開
我是走不出去的
因為開門只是關門的虛掩
如同噴濺滿地的顏料
只是華美的偽飾
張嘴卻說不出真話
只能被嘴巴纏繞窒死
走進每一個悶熱裡

走進每一個人字裡

走進每一個口字裡

走進每一個囚字裡

雨後的操場

下雨過後
格外清新的操場
凹陷的跑道
噴濺水花
激起刺瞎眼的陽光

我在耀眼的反射中哭泣

哭得像條狗
不停地喘息
只因我日以夜繼地奔跑
跑過今生、前世以及來生
無法止息地延燒

從眼眶

至

臉

頰

嘴

角

下

顎

伸舌

舔一滴鹹淚

做為今世的完結。

把世界一腳踢開

把世界一腳踢開
理由很簡單：
我對這個世界一無所知
真正存在的是
我對你的「感知」
這很悲哀的
因為「你」只不過
是個被虛空化的軀體
而我呢？
只與自己進行
濃稠的寂寞對白
無止盡地。

執筆，為打發一個快要圓的月亮。

執筆

為今日無聊的細節：

八點零五分睜眼的

早晨、一滴牛奶、一張報紙

一個有附點節奏的樂句

一陣初次翻閱你的心跳聲

踩踏的車輪、轉動的門把、傾倒的茶壺

一片餅乾、一張面紙、一份預示著未來的企劃書

冰塊在融化，你在口渴

月亮在變圓，我在等待

月亮地球太陽排成稍縱即逝的一直線

執筆為

無法重來的片刻

無法預知的以後

執筆為此刻——

打發一個快要圓的月亮。

夜晚

整個世界彷彿進入極慢板
　　踩踏著車輪
晃入秋初的晚涼中：
　　　路燈、椰林與獨語的人兒
恍惚
　　　漏拍
涼澈
　　有風、有韻
　　　　有你的莞爾一笑
　　紅色的傅鐘散發微橘的光影
　　　　像是回顧一場
　　　狂笑過頭的夢境
無比沉靜。

泳以及某度空間

喜歡游泳當夏，以及之後。

嗯，一種沁涼如水的感覺。

一走出泳池，整個世界彷彿因你而澈。

以極為緩慢的步伐，沿著信憶錄，經過景福門，

走到公元陸上搭公車。

有些顛簸的236

帶著我穿越

過去的空間點。

一點接著一點

串成一條

圈起來的公車路線

找不著起點或者終點的。

我也許可以就這樣

一直顛簸下去

到一個沒有時間的地方

沒有以前、也沒有未來

或是只存在二度空間的地方

變成一個扁扁的平面

現在的一切也都無所謂

真的無所謂

所有治療、被治療以及該被治療的人

都一起搭上這班公車

有時一些人因為虛設的終點下車

誰知道呢？

其實所有下車的人

都下錯站了。

我們不得不

假裝一直向前

儘管向前

會回到原處

因為236公車

繞的是一個圓圈子。

跟句點一樣

是一個可以無限回旋，卻又止住的圈子○

石灰岩洞，斯洛維尼亞

黑暗中有黑暗

打開機艙的時刻

星斗搭建的橋

亮起夢的路徑

蝙蝠竄起

影子交疊

鐘乳石由上而下

流風中裡有流風

紋理中裡有紋理

時間的皺紋

過多的步伐

滴滴答答的恆溫

一條河就這樣流進地底深處

蜿蜒又掏空

化石的痕跡

多年以前的往事

都被封存

萬年以後

光照

仿若今日

仿若兒時的彩糖

被電視框住

死囚的廣告

無意識的牢籠

於是我們終於

掉進一片黑暗中

黑暗中有黑暗

步伐中有步伐

光點中有光點

急流啊

瀑布啊

我多麼想就這樣一跳下去

從斯洛維尼亞

就這樣流到義大利

古代的吊索

砰的一聲

就陷落深深的水裡

生命的永恆本質

也只是怕死的偽裝

漆黑中的漆黑

沒有盡頭

找尋點點幽光

亮起的橋

就這樣一晃一晃

沒有盡頭

尋找新的洞穴

沒有盡頭

有這麼一刻

以為有人在遠處輕吻

柔和如花

如絲綢的觸感

有這麼一刻

以為有人在近處相擁

溫暖如火

熱茶的香氣蒸騰

有這麼一刻

家中的小狗汪汪的衝出去

再也不想回來了

在森林轉了一圈

倒在無人的雪地

無聲的洞窟

蝙蝠冬眠於此

有這麼一刻

我伸伸懶腰

覺得我好像還活著

好好的

美好的光

在洞的外面

相機一拍

瞬間被抓住

被遺棄的海灘

那浪潮
是我溺死的節奏

我吞下一切

彷彿擱淺
彷彿只剩下肉身
彷彿下一秒即將
彷彿亙古以前曾經⋯⋯

是一個被遺棄的海灘
倚著牆，灰色而頹敗的
眼淚剝落一地
滾打著浪潮

浪潮
是我溺死的節奏
是我靜默的呼喊

彷彿消失殆盡

的狂浪

空留些許波動的眷戀

時間擱淺

時間擱淺，海潮滲透全身：從頭頂到腳底的藍色星夜。

沙子是溫熱的，遠方傳來上個世紀的嘆息和幾億年前的光束。
那是另一個星球的故事。

趁著下一個世紀來臨前，我寫好一封情書給我未來的愛人。他
將在一顆石頭底下找到這封信。這個石頭在公園的榕樹下，千
年老樹盤根錯節地抓住土壤，溫濕的土讓裡藏著我童年時埋葬
的蝴蝶。這隻蝴蝶名叫小玉。

當他撕開信的封口時，一顆衛星偏離軌道，延切線方向飛出。
就在這個瞬間，蝴蝶復活了！

我掉進他的白日夢，看著他爬到夢境邊緣找到第三人稱的我。
我們終於相遇，從此以後，我完全沒有時間概念。
很快又迷航了。
像是海浪滲到沙灘上，又退回深海。
可以很緩慢也可以只是一瞬間。
緊接著，就是那必然被遺棄的沙紋和無法遺忘的遺忘。

時間脫軌

昨天我走在路上，停在一個彎橋上，我正好看到我自己，那個自己坐在運河的椅子上抽著大麻，那天大概是她第一次抽，她捲得特別慢，打火機也打得不順暢，水很冰冷，風把頭髮往火苗裡吹，運河映著坐在椅子上的那個自己，她正在看著河裡的自己，就像我看著坐在椅子上的自己一樣，我很想叫她，但想想還是別驚動她好了。突然，她往我這邊看一眼，我驚嚇得把頭轉過去，天空正飄來一朵灰色的雲，於是我屏氣凝神，雙眼跟隨著雲朵飄移，我感受到她強烈掃向我的目光，終於，我忍不住轉過頭去，在我們四目相交的瞬間，下起瞬雨，她就溶化了。我呆傻地看著空蕩蕩的椅子，回過神後，我奔向那張椅子，用蘋果掉到地上的的加速度衝過去！地上只留下一個菸頭，連大麻的香味都被吹散了，我低頭往運河一看，河裡的影就是她剛剛看的那個人吧。我從口袋裡拿出打火機，坐在椅子上，試圖平撫驚嚇的感覺，順勢往橋上一看，有一個人正認真欣賞一朵快速飛過的灰雲，我的直覺告訴我，她是在逃避什麼才假裝看雲的。

我對世界有這麼多的疑惑，好像就只有哲學能引領我了。有時候覺得智性是限制，但它又總是在我徬徨無助的時候，提供一個可能的方向，只是可能而已。當我瀕臨懸崖邊時，藝術解救了我，她給我更大的自由，她創造更多更多的可能世界讓我去擁抱。我常覺得離這個世界越來越遠，好像只有在書堆之中，才有人陪伴我、安慰我，告訴我說我沒有想太多，我的疑惑是重要的，追求智性沒有錯，她幫助我安放我存在的意義。有時候一些哲學家像是齊克果又會笑我，告訴我生命無法系統化地分析，叫我跳躍。可是我跳不過去，我的雙腳無力，只能在一個沒有信仰且充滿霉味的圖書館，讀一本又一本的小說，體驗我從來沒看過的文化、人生與情愛關係。然而，當我面對我真正的人生時，每個經歷都是那樣獨一無二、從未被描述過、無法回返、缺乏自由意志，又有哪本小說能告訴我該如何面對？當我想著每個立場都有一個反面的立場時，我就想那我可不可以不要有立場，但我又想不要有立場也是一種立場。大鵬展翅的時候，是不是有外星人拿著望遠鏡，從更遙遠的地方訕笑牠自以為是的超越？

讀詩人113　PG1857

 一場雨的時間

作　　者	翔雲
責任編輯	徐佑驊
圖文排版	周妤靜
封面設計	J.Chen
封面攝影	C.C.Chan
封面完稿	楊廣榕

出版策劃	釀出版
製作發行	秀威資訊科技股份有限公司
	114 台北市內湖區瑞光路76巷65號1樓
	電話：+886-2-2796-3638　傳真：+886-2-2796-1377
	服務信箱：service@showwe.com.tw
	http://www.showwe.com.tw
郵政劃撥	19563868　戶名：秀威資訊科技股份有限公司
展售門市	國家書店【松江門市】
	104 台北市中山區松江路209號1樓
	電話：+886-2-2518-0207　傳真：+886-2-2518-0778
網路訂購	秀威網路書店：https://store.showwe.tw
	國家網路書店：https://www.govbooks.com.tw
法律顧問	毛國樑　律師
總經銷	聯合發行股份有限公司
	231新北市新店區寶橋路235巷6弄6號4F
	電話：+886-2-2917-8022　傳真：+886-2-2915-6275

出版日期	2018年4月　BOD一版
定　　價	200元

Printed in Taiwan

國家圖書館出版品預行編目

一場雨的時間 / 翔雲著. -- 一版. -- 臺北市：
釀出版, 2018.04
　　面；　　公分. -- (讀詩人；113)
　BOD版
　ISBN 978-986-445-253-8(平裝)

851.486　　　　　　　　　　　107004682

讀 者 回 函 卡

感謝您購買本書，為提升服務品質，請填妥以下資料，將讀者回函卡直接寄回或傳真本公司，收到您的寶貴意見後，我們會收藏記錄及檢討，謝謝！如您需要了解本公司最新出版書目、購書優惠或企劃活動，歡迎您上網查詢或下載相關資料：http:// www.showwe.com.tw

您購買的書名：_____

出生日期：_____年_____月_____日

學歷：□高中 (含) 以下　　□大專　　□研究所 (含) 以上

職業：□製造業　□金融業　□資訊業　□軍警　□傳播業　□自由業
　　　□服務業　□公務員　□教職　　□學生　□家管　　□其它____

購書地點：□網路書店　□實體書店　□書展　□郵購　□贈閱　□其他

您從何得知本書的消息？

　□網路書店　□實體書店　□網路搜尋　□電子報　□書訊　□雜誌

　□傳播媒體　□親友推薦　□網站推薦　□部落格　□其他_____

您對本書的評價：（請填代號　1.非常滿意　2.滿意　3.尚可　4.再改進）

　封面設計____　版面編排____　內容____　文／譯筆____　價格____

讀完書後您覺得：

□很有收穫　□有收穫　□收穫不多　□沒收穫

對我們的建議：_____

_____

_____

_____

11466
台北市內湖區瑞光路 76 巷 65 號 1 樓

秀威資訊科技股份有限公司　　　收

BOD 數位出版事業部

∙∙

（請沿線對折寄回，謝謝！）

姓　　名：＿＿＿＿＿＿＿＿＿　年齡：＿＿＿＿　性別：□女　□男

郵遞區號：□□□□□

地　　址：＿＿＿＿＿＿＿＿＿＿＿＿＿＿＿＿＿＿＿＿＿＿＿＿

聯絡電話：(日) ＿＿＿＿＿＿＿＿＿＿ (夜) ＿＿＿＿＿＿＿＿＿＿＿

E-mail：＿＿＿＿＿＿＿＿＿＿＿＿＿＿＿＿＿＿＿＿＿＿